푸른사상
시선

46

달팽이 뿔

김 준 태 시집

푸른사상
PRUNSASANG

푸른사상 시선 46

달팽이 뿔

인쇄 · 2014년 9월 19일 | 발행 · 2014년 9월 25일

지은이 · 김준태
펴낸이 · 한봉숙
펴낸곳 · 푸른사상
주간 · 맹문재 | 편집 · 지순이 | 교정 · 김소영

등록 · 1999년 7월 8일 제2-2876호
주소 · 서울시 중구 충무로 29(초동) 아시아미디어타워 502호
대표전화 · 02) 2268-8706(7) | 팩시밀리 · 02) 2268-8708
이메일 · prun21c@hanmail.net / prunsasang@naver.com
홈페이지 · http://www.prun21c.com

ISBN 979-11-308-0284-8 03810
ISBN 978-89-5640-765-4 04810 (세트)

값 8,000원

달팽이 뿔

시는 하늘보다 더 소중한 사람 생명과 너와 나의 '하나됨'을 위한 노래가 아닐까. 나 또한 그래서 하늘 땅이 한 몸을 이루는 '흙' 위에 서 있다. 1mg 무게와 부피 속에서도 10억 개 이상의 생명체가 살아서 지평선 멀리까지 숨쉬는 것이 참으로 좋아!

아가들이 시골 외가를 다녀오더니 장수풍뎅이를 가져왔다고 자랑한다. 외할아버지 복숭아밭에서 잡아온 것이란다. 어른 주먹 크기의 플라스틱 상자 속에 그걸 넣어두고 매일 '관찰' 하겠다고 기염을 토한다. 하지만 미안! 나는 아가들이 낮잠을 자는 사이 장수풍뎅이를 변두리 숲 속으로 데리고 나갔다. 녀석을 햇살을 잘 받으며 자라고 있는 비파나무의 넓고 고운 잎사귀에 살며시 올려주었다.

가을이다. 마른 잎새를 떨어뜨리는 나무가 꼭 사람과 다름없다. 나무는 발등으로 모여드는 벌레들에게 자신의 잎새를 수북하게 덮어준다. 찬바람에 얼어 죽지 말라는 듯. 봄이 오면 가지

마다 새잎들이 돋아나 나비처럼 나풀거릴 것이다. 어, 사루비아 꽃밭에 누가 부러진 막대기를 던져놓고 갔다. 나는 꽃 허리를 누르고 있는 녀석을 먼 곳으로 치워주었다. 아 기러기가 날아오면 남북 삼천리에 눈이 내릴 것이다. 이 시집을 펴내는 데 여러모로 고운 숨결을 넣어주신 님들에게 감사드린다.

2014년 가을
김준태

■ 시인의 말

제1부

제2부

제3부

제4부

제5부

제1부

달팽이 뿔

누군가를 받아치기 위해서
머리 꼭대기에 솟아 있는 것은
아니리 나무숲, 우리의 갈 길을
찾기 위해 두리번 두리번거리는
달팽이 뿔, 오 고운 살 안테나!

쌍둥이 할아버지의 노래

한 놈을 업어주니 또 한 놈이
자기도 업어주라고 운다
그래, 에라 모르겠다!
두 놈을 같이 업어주니
두 놈이 같이 기분 좋아라 웃는다
남과 북도 그랬으면 좋겠다.

북한강에서

꽃들이 말한다
새들이 말한다

강 건너
갈대밭 속
어둠이 깃들 때

한 발로 선
가마우지
―나는
듣는다

전쟁을 모르는 자들은 어머니의
눈물보다 자신의 피를 더 믿는다

아, 피의 광기
하늘을 때리는
피의 저 천둥소리!

하늘에 젖을 물려준 어머니의 말씀 버리면

그럴 리 없겠지만
너 백합 향기여

해와 달이
거꾸로 돈다 한들
그럴 리야 없겠지만

남과 북이 또다시
서로 불총을 쏘면
하늘에 젖을 물려준
어머니의 말씀 버리면

아흐
우주 만물이
폭발하는 소리?

한반도는
풀 한 포기커녕

꽃 한 송이 피지 못하고
새 한 마리 날아오지 않을 것이다

두드릴 목탁은커녕
십자가를 만들어 세울
한 그루 나무도 자랄 수 없을 것이다!

천지간에 너 아닌 것은 없다

눈에 보이는 모든 것
눈에 안 보이는 모든 것
— 모두 나다 모두 너다

귀에 들리는 모든 것
귀에 안 들리는 모든 것
— 모두 나다 모두 너다

손에 만져지는 모든 것
만져지지 않는 모든 것
— 모두 나다 모두 너다

코로 냄새 맡는 모든 것
냄새 맡지 못한 모든 것
— 모두 나다 모두 너다

혀로 입 맞출 수 있는 모든 것
혀로 입 맞출 수 없는 모든 것

— 모두 나다 모두 너다

천지간에, 나 아닌 것 없고
너 아닌 것이 하나도 없다

아흐, 모든 것은 내가 되어 꽃 피고
모든 것은 네가 되어 향기 그윽하다.

돌탑

버려진 돌도
뒹구는 돌도

소나 말한테
산짐승한테
밟히는 돌도

아침저녁
길 가다 주워서
하나둘 놓으면

어 그래, 그곳이
천 년 부처의 탑!

자정을 넘어서 쓴 시

시가 세상을 바꾸거나 변화시킬 수 있을까
히틀러 때 베르톨트 브레히트*도 실토했는데
시가 세상을 바꿀 수도 구할 수도 없다는 것

―시인들이여! 그러나 바로 그러함 때문에
발 동동 구르며 시를 바꾸려 하는 것이 세상
발 동동 구르며 시를 변화시키려는 게 세상.

* 베르톨트 브레히트(Bertolt Brecht, 1898~1956)

노래 물거미[*]

남과 북 가로지르는
비무장지대 DMZ 늪 ─

목마른 노루 새끼나
종종 주둥이로 스쳐가는
지뢰밭 물구덩이 안에서
거미 두 마리가 엉겨 붙는다

반경 2cm가 될까 말까 한
물방울 속을 비집고 들어가
어디서 날아왔는지 암놈과 수놈
사랑을 한다
작은 수초(水草) 하나
다치지 않고, 찢김도 없이

아흐,
둥근 물방울 속에
들어가 몸을 섞는다

단순한, 소박한, 완벽한, 꿈꾸는!

* 물거미 : 오직 1과 1속 1종에 속하는 물거미(학명 AQUATICA)는 세계
  적인 희귀종으로 1996년 6월, 한반도에서는 처음으로 거미학자 남궁준
  박사팀의 현장답사를 통해서 경기도 연천군 비무장지대 늪지대에서
  발견했다.

60년 성사(聖事)

아가야
둥근 젖병을 두 손으로 움켜쥐고
아인슈타인을 쭉쭉 빨아대는 아가야

어때 맛이 괜찮니
배가 쿨렁쿨렁 소리 나게 부르니
올해 60 회갑을 맞은 이 할아버지는
너를 등에 업고 먼 산에 올라가보련다

네 어미의 젖꼭지처럼
오래 오래 아인슈타인을 빨고 싶다는
눈빛으로 나와 눈 맞춤을 하는 아가야

나비 떼인 양 쏟아지는 달빛 속으로
하얗게 떠오르기 시작하는 머나먼 길 ―
아가야 나는 너를 등에 업고 걸어가면서
오늘은 아인슈타인 박사를 만나고야 만다

빛도 휘고 하늘도 흰다고 무릎을 친다

무궁 무궁한 하늘도 휜다는 아인슈타인의
우주, E=mc²*을 엎기도 하고 뒤집기도 한다

그래, 60 회갑을 맞은 나 또한 슬퍼하느니
600년보다 더 길고 긴 60년, 저것을 봐라
한반도 허리춤에 내리꽂힌 총칼을 보아라

백두에서 한라까지 이 땅은 블랙홀
서울과 평양 사이에 들꽃들도 블랙홀
금강산 앞바다에 치솟는 태양도 블랙홀
귀신들이 무더기로 우글거리는 블랙홀
생목숨마저 빨려 들어가 버리는 블랙홀

미움과 증오뿐인 저 절벽의 절벽의 세월
머저리와 머저리들의 바보 같은 그 세월
남들이 만든 시계 속에서 청춘도 사랑도
한꺼번에 휩쓸려 가버린 아 코리아 60년!

아가야

둥근 젖병을 두 손으로 움켜쥐고
아인슈타인을 쭉쭉 빨아대는 아가야
눈망울이 너무 선하여 살별 같은 아가야

하지만 이제는 너로 하여 알게 됐단다
이제는 할아버지도 먼저 길게 휘어지면서
직선과 직선이 아닌 곡선으로 휘어지면서
네 어미처럼 너를 껴안듯이 보듬어 올린다
서울과 평양도 첫사랑 첫 얼굴로 바라보고

아가야 우리 아가야
올해 60 회갑을 맞은 이 할아버지는
다시 너와 같은 아가로 태어나려 한다
빛도 휘고 청천하늘도 무지개로 휘고
새가 새로 날고 꽃이 꽃으로 피어날 때

아 풀 비린내도 없이 온몸 살결이 향기로운
통일코리아 텍스트 밤낮으로 꿈꾸는 아가야

그래서 나도 너처럼 똥을 바가지로 싸놓고도
방긋방긋 웃는 벌거숭이 아가가 되고 싶단다.

* 'E=mc²'은 아인슈타인이 1905년 처음으로 밝힌 특수상대성이론으로
  '에너지(E)와 질량(m)은 등가이고 변환 가능하다'는 것을 뜻한다. 아
  인슈타인은 1916년 '질량과 에너지가 시공간을 휘게 하고 빛을 포함한
  자유입자들이 휘어진 시공간 속에서 움직인다'는 일반상대성이론도
  내놓는다. 1919년 런던 관측소는 빛이 태양의 주위를 돌며 '휘는 것'을
  확인하였다.

향기
— 2003. 2. 18 대구지하철 레퀴엠

난(蘭)의 향기 —

그릇으로는 담을 수 없네
7백 년 청자그릇, 5백 년을 훌쩍
뛰어넘은 백자그릇으로도 담을 수 없네
죽으면 촛농처럼 녹아버리는 사람들의
몸뚱이만이 그 향기 은은하게 담을 수 있다네

살아서 울고 웃는 사람들의 질기고 질긴 목숨만이
꽃 항아리인 양 그 슬픈 향기 담아넣을 수 있다네

아흐, 금이 갈까 봐 하느님께서도 여간해서는
손끝 하나 스치지 않는 사람의 따스한, 따스한 몸뚱이!

발효시(醱酵詩)

참으로 희한한 일이다
어쩌면 지당한 일이다
―고향집 온돌방 아랫목에서
동그랗게 웅크린 누룩 술항아리
부글부글 끓어야 제대로 익는다
세상에 소리도 많고 많은데
하필이면 부글부글!

먼 길 나서며 보니 산벚꽃도 붉다!

다시라기*

던져라 꽃
던져라 술 던져라 밥
서녘바다 저 바다에

퍼렇다 떼죽음 당한 시간
퍼어렇다 떼죽음 당한 파도
떼죽음 당한 불두화 향기

떼죽음 당한 싯다르타
떼죽음 당한 사람의 아들
떼죽음 당한 하늘과 땅

한 마리 새가 죽으면
밤하늘 별들도 눈을 감고
한 송이 백합꽃이 꺾이면
세상의 모든 꽃들도 시들고

떼죽음 당한

사랑과 사랑의 실체
304명의 심장, 영혼들아
밥을 뿌리면 밥에 붙어서
술을 뿌리면 술에 붙어서
꽃을 뿌리면 꽃에 붙어서

바닷길 닦으면 오라
황천길 닦으면 촛불 밝혀
오라 강강술래로 오거라
둥근 달 앞세우고

우리 새끼들 일으켜 세우세
이승에서 죽으면 저승에서 살리고
저승에서 죽으면 이승에서 살리고

보내세
젊은 청춘들 좋은 세상으로!
배 가득히 법고 운판 목어* 실어서

둥둥 북 울려 보내세 두둥실 멀리!

오메 그리하여 우흐흐 ―
누가 칼을 들어 불을 들어
온다! 온다! 온다! 오고 있네!
이 땅의 우리가 저들을 버렸음으로
또다시 저들을 바다에 밀어넣을지 몰라

* 다시라기 : 죽은 넋들이 잘 가도록 저승길을 닦아주는 제의(祭儀). 시
　　「다시라기」는 세월호 304명 영혼들에게 바치는 '무가(巫歌)'.
* 법고(法鼓) 운판(雲版) 목어(木魚) : 범종(梵鐘)과 함께 불전사물(佛殿四物).

임진강

하늘에는
구름 몇 점

종일
기러기만 난다
먹이가 그득한 철조망
남과 북을 오르내린다

맨 앞은 엄마 기러기
맨 끝은 아빠 기러기
맨 앞과 맨 끝 사이에는
새끼 기러기들이 날고

갈숲에서
길 잃은 임진강
저 혼자 뒤척인다.

체옹 에크[*]

잡풀 무성한
물웅덩이에
수련 몇 송이 떠 있네

모든 영혼에는 파수꾼이 있다?[*]

석가나무 나뭇잎에
잠깐 내려앉기도 하는
별빛이라든가 꽃향기에 파수꾼이 있다?

1975년 9월이던가
프놈펜에서 남쪽으로 15km 지점
1백여 명의 젖냄새 아가들을 트럭에
싣고 와 한꺼번에 파묻어버린 체옹 에크!

아
이 생면부지의 벌판에 와서
나는 내가 인간이다는 사실에 절망한다

어린 죽음들 앞에 무릎 꿇어 엎드릴 때

—코리아의 문경새재 너머 돌당골에서
거창 신원 감악산 돌고 돌아 박산골에서
한라산 북촌마을 바닷가 너븐숭이 돌밭에서
두 살, 세 살 나이에 총알세례 받은 아가들!

그 어린것들이
여기 먼 나라 체옹 에크
흙빛뿐인 물웅덩이에까지 와서
아야어여오요우유 한국어 모음으로 함께 울고 있었다.

* 체옹 에크Cheoung Ek) : 캄보디아 수도 프놈펜 근교에 위치한 일명 킬
  링필드. 제노사이드 현장 중 하나로 가장 많은 사람이 학살당한 곳.
* "모든 영혼에는 파수꾼이 있다" : 이슬람 『코란』 '밤의 방문자 장' 에 나
  오는 말.

탄허 스님[*]

이야기는
10 · 27 법난[*] 시절이다
월정사 법당에 좌정하고 있는
탄허 스님께서 ─

총칼을 들고 쳐들어온
별 달린 군인들에게
"너희놈들, 빤스만 입고
 법당에 들어오려면 들어오라
 군복을 입고는 여기 들어설 수 없다"

그러자
별 달린 군인들은
불알만 차고 법당 안으로 들어갈 수 있었다.

---

* 탄허(呑虛) 스님(1913~1983) : 전북 김제 탄생. 부친은 독립운동가 율재
  김홍규. 한암(漢岩) 스님 제자로 22세에 상원사에 입산, 세수 24세 약

관으로 금강경, 기신론, 법망경 등 강의. 1955년 조계종 월정사 조실, 오대산에 5년 과정의 불교수도원 설립. 1961년부터 10년에 걸쳐 '화엄경' 80권(원문 10조 9만 5천48자—원고지로 6만 2천500장)을 직접 번역하여 '한글대장경'을 간행하는 데 큰 공을 세워 원효·의상대사 이래 최고의 불사로 회자된다. 1983년 4월 24일(음력) 월정사 방산굴에서 '일체무언(一切無言)' 임종게를 남기고 입적하다. 세수 71세, 법랍 49세.

* 법난(法難) : 불교 교단이나 불자들에게 가해진 불법 박해. 10·27법난은 1980년 10월 27일, 제5공화국 출범을 앞두고 정권 장악에 나선 신군부 세력 핵심인 국가보위비상대책위원회가 수사 지시를 내려 계엄사령부 합동수사본부 산하 합동수사단으로 하여금 조계종 승려와 불교계 인사 153명을 강제 연행하고 전국 사찰과 암자 5,731곳을 군경 병력 3만 2천여 명 투입한 사건.

단테*의 지옥에서

셀 수 없이 많은
물고기의 배를 가른 식칼!

마지막엔 낫과 괭이와 도끼
탱크와 교수대 작두와 함께
지옥의 불! 용광로에 던져져
형체도 없이 사라지는
이빨 빠진 한 자루 식칼!

* 단테 알리기에리(Dante Alighieri) : 1265년 5월 피렌체에서 태어나 1321
  년 9월 14일 라벤나 성(聖) 프란체스코 성당에 영면. 『신곡(Divina
  Commedia)』 속에는 지옥이 많다.

청천강*

눈부셔라
조약돌 하나라도
버리지 않고
빠뜨리지 않고
씻어 내리는
흘러가는 아, 청천강!

* 옛 이름은 '살수(薩水)'로 묘향산에서 발원하여 서해로 흐른다.

밟으면 안 돼, 꽃이 아파!

햇살 고운 봄날. 아내와 함께 세 살배기 쌍둥이 손자들을 데리고 아장아장 같이 걸어주었다. 연제동 Y초등학교 운동장. 층층계단에서는 갖가지 봄꽃들이 화분에 담겨 아기제비처럼 지지배배, 지지배배 얼굴을 내밀고 있었다.

둘째 손자 녀석이 그 꽃들을 들여다보면서 "이쁘다. 밟고 가도 될까?"라고 말했다. 그러자 첫째 손자 녀석이 손을 저으며 다음처럼 말하는 것이었다.

"밟으면 안 돼, 꽃이 아파!"

(아, 그렇구나.) 쌍둥이 손자들의 얘기를 들으면서 나도 모르게 가슴을 쓸어내렸다. '밟으면 안 돼, 꽃이 아파!' 세 살밖에 안 된 쌍둥이 손자 녀석이 불쑥, 던진 말 한마디 속에서 하얀 옷 사람들의 아픔과 사랑과 떨림이 나의 몸속에 들어와 졸졸졸 봄날의 물소리처럼 그렇게 물소리로 흐르는 것을 가까스로 느낄 수 있었다.

(밟으면 안 돼, 꽃이 아파!) 마침내 어리석은 나도 쌍둥이 손자한테서 더 큰 것을 배운 것이었다. 프랑스혁명을 목격하고 영국으로 돌아간 윌리엄 블레이크는 그의 고향에서 이렇게 노래했다. "한 알의 모래에서 우주를 보고 한 송이 들꽃에서도 천국을 보라!" 문득 그 시구를 떠올리며 하늘을 보니 먼 먼 몸살 같은 아지랑이 속으로 하얀 나비들이 무수히 날아오고 있었다.

제2부

시

왜, 시는 짧을까요?
―우리들 인생이 짧아서 그렇습니다.

왜, 인생은 짧을까요?
―하느님께서 기다리고 있기 때문입니다.

아, 시가 짧고 인생이 짧아도
그리워하고 그리워하는 사람들은
바람 한 점 같은 찰나도 영원처럼 사랑합니다.

배를 띄우며

서해바다
배를 띄워
율도로 갈거나

남해바다
피리 불어
갈매기섬
마중할거나

동해바다
몸을 씻어
낙산사
법고(法鼓)
짊어질거나

불에
달군 연꽃은
시들 수 없나니[*]

바다

저 시퍼런

삼각파도 속에

벌거숭이 가부좌

더 이상

썩지 않게

바스라지지 않게!

* 이 대목은 당나라 영가 현각 스님께서 찬술한 고시체의 '증도가'에 나
  오는 '화리생연종불괴(火裏生蓮終不壞, 불꽃 속에서 핀 연꽃이라야 영
  원히 시들지 않는다)'라는 시구에서 연원한다.

한탄강에서

흘러갈까

아냐,
여기 서서
숨결을
보태야 해

아직은 새들이
날아오고 있어
날아와 물 속으로
물갈퀴질을 해

그래
모두 살아 있어
죽지 않고…… 버티면서

물거미와
소금장수

하얀 피라미 떼들

저렇게
흐린 물 속에서
(서로 잘 보이지는
 않지만) 꿈꾸고 있어

아 꿈을! 풀잎이
뿌리 내리는 꿈을!

봄, 연가

봄이 오려나 보다
아주 멀리서 —

내가 사랑했던
것들이, 이 봄에
다 돌아와 핀다

아 그러나
어떤 것들은
가시에 찔리면서
둥근 얼굴로 핀다

때 맞춰 날아오는
제비 떼들 바라보며
뭉클, 향기를 터뜨린다.

그 길

우리가 함께 걸어온 그 길
어디로 가서 혼자가 됐을까

우북하게 자란 풀에 덮였다가
단풍나무 잎사귀들에 묻혔다가
바람 불고 눈 내리던 날 많더니

누군가 몰래 데리고 가버린 길
누군가 옆구리에 차고 가버린 길

오늘은 어디에 버려져서 혼자
산을 넘고 강을 건너고 있을까.

사람 생명

사람 생명은

모든
이데올로기에
앞서는

모든
이데올로기
위에 놓이는

절대적
영원한 상위개념!

아
그러나
테이블에 놓인
장미와 백합의
꽃병!

흔들면

쨍그랑
깨지는 것이 아닌가

그 꽃들의 향기마저
깨지는 것 아닌가?

황혼에 서서

제발
굶주리지 않았으면 좋겠다

배고프면 남의 밥을
빼앗아 먹을지 모르니까

아 서쪽을 바라보니
저녁노을이 붉다
—남의 살이 내 살로 만져진다.

노마드(nomad)의 달

달이
떠오른다
아주 붉게

피리 하나
하늘에 매달리고

사막 한복판
낙타의 등에서
추락한 유목민이

볼테르와
칼 마르크스의
썩지 않는 빵
그림자의 살도
뜯어 먹는다

달은 소리 없이 떠오르고
하늘에서는 음악이 흘러내리고

노을

만년설도 하늘 높은 톈산[天山] 줄기에 올라
멀리, 중앙아시아 쁘로스또* 노을을 바라보며
이곳을 찾은 나 즉흥으로 시 한 수 읊조리자
까레이스끼 5세로 태어난 이(李) 스타니슬라브 —
그 또한 얼굴 둥글게 부풀어 시로 화답하다.

김준태

혼자서
바라보면
아무런 의미가 없어라
둘이서, 셋이서, 넷이서
바라보아야
미치도록 아름답다
오 쁘로스또의 저녁노을!

이 스타니슬라브*

산마루에서
다짜*를 짓고 있다 나 여기서
오래도록 지는 노을 바라보고 있다
카자흐스탄, 타지기스탄, 우즈베키스탄,
고려 사람들이 한데 어울려 일하는 모습을.

* 쁘로스또 : 카자흐스탄어로 가도 가도 끝없는 '대평원'을 가리킴.
* 이 스타니슬라브 : 1937년 스탈린이 연해주 일대에서 '시베리아로 강제
   추방' 시킬 때 살아남은 까레이스끼(고려인)의 3세로 태어나 현재 카자
   흐스탄 알마티에 거주, 러시아어로 시작 활동을 펼치고 있는 시인. 그
   의 시는 러시아 11학년 교과서에도 실려 있다.
* 다짜 : 옛 소련 시대부터 짓기 시작했다는 주말농장 형식의 주택.

아바이* 시인

레닌의 펜은 붉은 피가 묻었기에
녹슬었고 그의 동상도 모조리 철거됐습니다.

아바이 시인의 펜은 시가 젖어 있기에
녹슬지 않고 카자흐스탄공화국에 살아 있습니다
코흘리개 어린아이들의 입술, 두 눈동자에도!

* 아바이(1860~1904) : 카자흐스탄공화국을 대표하는 최고의 시인.

반레*

반레 시인이 망월동 김남주 묘에 와서 운다
1980년 5월 라디오로 김남주 시를 들었다면서
세 번 절하고 또 세 번 무릎 꿇어 절을 올린다
한때는 베트콩 전사, 입대 동기 300명 중에서
살아남은 사람은 그를 포함 다섯 명이었다는데
무슨 생각이 났는지 향불을 피우며 마냥 운다
자기 나라도 아닌 옛 따이한 적국(敵國)에 와서
한 송이가 아닌 다섯 송이 꽃을 묘 앞에 놓고
향도 다섯 개 피워놓으며 눈물 그렁그렁 운다
1960년대 그 시절 나와 총칼을 마주 겨눈 반레
우연히 동갑이란 사실을 안 후 서로 부둥켜안고
아! 먼 고향 친구인 듯 심장의 맥박을 같이했다.

* 반레(1948~) : 베트남 시인, 영화감독.

바람의 노래

먼 산
사슴 두 눈에
둥근 달 솟고

아, 우리가 언제
바람이 아닌 적이 있었던가!

한강
청천강
두만강 건너
백두산 가는 길 ―

갈참나무 숲에
우수수수 뿌려진
우랄알타이어(語) 짐승들의 뼈

아, 우리가 언제
옛사랑의 몸부림으로
활시위를 당기지 않은 적이 있었던가!

진주 남강 대나무

왜놈들이
쳐들어왔을 때는
죽창으로

달 밝은 밤 —

그대가
나를 부르면
피리 구멍을 열어주는

우리나라 대나무!

법문(法文)

고흥에서 오신
일암(一庵) 스님께서
"오늘 화두가 무엇입니까"
라고 물으셨다. 나의 대답은
이러하였다. 꽃 피는 봄날.

─스님, 요즘 나의
화두는 우리들 아버지에게
총을 쏜 사람을 용서하고
사랑하는 일인 것 같습니다.

"찢긴 역사, 목숨을 빼앗은 사람들,
그에 따른 용서가 그렇게 쉽습니까?"

─환장했던, 60년의 세월!
이제는 훌훌 털어버렸습니다
부처님의 큰 손바닥 안에서는
이승과 저승, 남과 북도 없듯이

지금 저는 그렇게 웃고 있습니다
기저귀를 찬 수많은 아가들이
제게 그것을 가르쳐 주었습니다

"아아, 그렇군요!"

—네, 무럭무럭 자라는 이 땅의 빛나는 살별들!
이제 저한테는 아가들의 얼굴이 저 하늘입니다.

벌떡 일어나 무릎을 치는
일암 스님과 대화가 끝날 무렵
난(蘭) 향기 하나가 다가와 가만히 울어주었다
스님과 자리를 같이한 수미산(須彌山) 찻집에서,

충청도 가는 길

산 넘어 산 넘어서 충청도에 가면
우리가 사랑하는 사람들이 참 많다
만해 한용운, 포석 조명희, 벽초 홍명희
이봉창, 윤봉길, 신채호, 그리고 하늘의 별들!
충청도에 가면 우리가 아무렇게나 살아서는
안 된다고 정말 아무렇게 살아서는 안 된다고
차령산맥 흰옷 입은 들꽃처럼 우리를 부른다
아 충청도에 가면 초등학교 1학년처럼 그렇게
초롱초롱한 눈망울로 불러보고 싶은 옛사람들!
가령 계룡산 칠갑산 넘어 홍성 쪽으로 가노라면
가령 진천읍으로 가다가 문득 머리를 들어올리면
가을날 알밤처럼 후두둑 쏟아지는 그리운 이름들!
저녁노을 받은 산봉우리처럼 고요히, 멀리 빛난다.

문일주 아기* 묘비명

1948년 6월 11일 경남 거창군 신원면 태생인 문일주 아기
1951년 2월 11일 719명 집단 학살 때 어미와 총 맞아 죽다
2005년 6월 25일 감악산 넘어간 1948년 7월 10일생 김준태
지금도 세 살인 '문일주 아기묘'에 무릎 꿇고 술을 따르며
내 스물아홉 스물여덟 두 아들 아범이지만 친구 만난 듯
무덤 빙빙 돌며 박산골 학살터에 흰밥 뿌리며 노래부른다
"일주, 내 친구야! 동갑내기 나의 친구야! 내가 대신하여
 아들 됐으니 너의 자손도 퍼뜨려 너의 혼백 달래주리라
 해와 달도 둥그런 통일 조국에 너의 자손 뛰놀게 하리라."

* 문일주 아기는 현재 경상남도 거창군 신원면 대현리 일명 '박산골' 산
  골짜기에 세워진 〈거창사건추모공원〉(거창양민학살추모공원)에서 그
  와 함께 죽은 700여 명의 무고한 고향 마을 사람들과 함께 나란히 성명
  과 생몰연대가 새겨진 작은 비문으로 남아 그날을 전하고 있다.

나 죽으면 너븐숭이*에

나 죽으면
제주 한라산
북촌마을 바닷가
너븐숭이에 뿌려주소

살 훨훨 불살라
머리 훨훨 불살라
거꾸로 박힌 돌 틈바귀
남은 흙 속에 뿌려주소

이어도
이어도로 놀러간
바람처럼 그렇게, 달빛처럼 그렇게

아흐 —
어머니 등에 업혀
할머니 등에 업혀 총살당한

죽음이 뭔지도 모르고 죽은

1949년 1월 17일 한라산의 아기들!

엄마의 젖꼭지를 물자마자
응아응아 저버린 한라산의 별꽃들!

지금도
어린 아기들로 살아서
1948년 7월 10일에 태어난,
어느새 할아버지가 다 돼버린
나하고 놀자고 자꾸자꾸 칭얼대는

제주 한라산
북촌마을 바닷가
너븐숭이에, 젖내음도 새하얀 아기 파도들!

* 너븐숭이 : 북촌초등학교 근처에 소재한 제주 4·3사건 당시 제노사이
　　드 현장으로 작가 현기영의 소설 『순이삼촌』의 무대.

시인들을 위한 묘비명

하늘 아래, 나그네여
예언의 나팔을 불어라

시인들은
슬픔의 친구가 되어 살지만
기쁨의 노예로는 살지 않는다.

제3부

고향

"준태, 저기 봐.
 내 고향 길음리야"

"고향에선
 무덤도 살아 있어!"

창밖 평양 변두리 —

황석영 형이
손짓하는 곳
옛 무덤들은 과연
옹기종기 모여서 살고 있었다.

첫인사

정말

죽지 않고
살아 있습니다

벼
콩
감자
마늘
고추
옥수수

대동강
백양나무
뭉게구름

처녀애들
웃음소리

죽지 않고

살아 있습니다

쉼 없이
태어난 아가들
배꼽도
튼튼한 것 같습니다.

수련

대동강 물가

수련의 눈썹

고구려 여인

넋을 받았나

달빛에 떤다.

술 두 잔

깊은 밤

적막 속
호올로 술을 따른다

한 잔은 내 잔
한 잔은 북쪽 시인 잔.

눈이 내리네

눈이
내리네

백두산에

아
백두산에
눈이 내리네

스
물넷
봉우리
장군봉에
백운봉에
옥주봉 마천우에
제운봉 낙원봉 와호봉에
관면봉 제비봉 단결봉 해발봉 비루봉에
향도봉 자암봉 화개봉 철벽봉 천문봉 자하봉에

천황봉 용문봉 관일봉 금병봉 지반봉 쌍무지개봉에

꽃
꽃 속에
하늘까지
활짝
꽃잎 속에

눈이
내리네

수수천만
촛불! 촛불! 촛불!
하얗게
너울거리는
저 불꽃의 향연!

천(天)

지(地)

인(人)

아

백두산에

눈이 내리네 영원히 ―

산마루

조선 땅 끝

내 고향 해남
산마루 넘으면

언제나
나부끼던 흰 저고리

30리 정거장까지
뒤따라오던 것들은
산새들 울음소리였다

그 산마루를
소월(素月)의 고향

평안도 정주 땅을
휘돌아가면서도 보았다
삼수갑산(三水甲山) 가는 길 거기서도 보았다.

남포 소년

옛 이름이
진남포라던가

대동강 끝자락 —
지금은 남포라 부르는
서해 갑문(閘門) 강어귀

아, 지금도 한 소년이
보라색 오동꽃 향기 속

어디선가
목발 짚고
절뚝절뚝 걸어오는
하느님을 만나고 있습니다

—1950년 7월이던가
대동강 따라 떠내려가다가 북한강을 건너온,

지금도 남포 누님 그리워 잠 못 이룬다는 그 소년은

천주교 광주대교구 윤공희(尹恭熙) 대주교님이십니다

1980년 5월 광주의 사형수들을 살려낸 대주교님이십니다.

대동강

내
나이

55년
세월
건너

평양성
휘돌아
흐르는

— 대동강!

1953년
B29폭격에도
♪ 하나
눈썹 하나
다치지 않고

살아서

동자승
머리처럼
푸르게 번득이는

아 여기
환장하게 넘실대는
물결, 물결, 물결의 울음!

아리랑

옛날하고도
먼 옛날이었을까요

시베리아 하늘 달려
툰드라 지대 이깔나무 숲을 달려
아흐 아흐 백두산 자락 그 꽃밭쯤에

가도 가도 끝없는 원시림 속 그쯤에
'아리랑' 이라는 짐승이 홀로 살았답니다

말도 아리랑 아리랑밖에 모르고
노래도 아리랑 아리랑밖에 모르고
먹이도 아리랑 아리랑만을 잡아먹다가

백두산에, 아아
백두산 봉우리마다
흰 눈이 펑펑 쏟아져 내리면

아리랑 아리랑 아리랑만 노래 불렀다는
'아리랑' 짐승이 홀로 살았다고 전하여집니다.

노래 청천강

예 와
흘러라
천둥 쳐라

옷자락
풀어
아주 풀어

저 아우성
저 피울음도
청산을 넘느니

하늘도
북북 찢어
만 리를 열어라

둥둥둥둥둥······

앙가슴

칼날 뽑아
서해로 띄워 보내고

님아!

예 와
천둥 쳐라
더욱 벼락 쳐라

천 년 고목 우지직 부러져
향기 내뿜듯이,

룡산리 밭이랑에

동명왕릉
찾아가는 길

평양 동남쪽
력포(力浦) 구역
룡산리 밭이랑에

몇 줌 숨결을
불어넣은 뒤

남쪽에서
가지고 간
콩알 하나를
가만히 심어주었다

2001년 8월 19일
사루비아꽃이 유난히 붉던
그날 오후 4시였다.

판문점

예 와서
삿대질하던
남과 북

60년 흐르니

너나없이
앞니(齒)가
빠져버렸네

어쩌면 좋담?

제4부

호랑이도 사람 등에 업고

평양 변두리 농촌마다 콩 타작 한창일 때
내 고향 땅끝 마을엔 메밀꽃이 피고 지고

백두산 원시림에 흰 눈이 송이송이 내릴 때
철조망 너머 남쪽에는 벼들이 고개 숙이고

아흐, 멀지도 않은 가까운 옛날엔 그랬다지요
남쪽서 찹쌀떡 보내면 북쪽은 수수떡 보내주고
호랑이도 사람 등에 업고 남북 삼천리 달렸지요.

백두, 장군봉에 올라

어머니, 제가 잘못했습니다
아버지, 제가 잘못했습니다

그래 오늘, 백두 장군봉에 올라
무릎 꿇고 엎드리어 빌고 빕니다

이제야 아가의 고사리 두 손 빌려
제 흐린 넋을 구석구석 씻어냅니다

아가의 초롱초롱한 눈동자 불러와
세상 사람들 새벽 별처럼 바라보고

아가의 하얀 발가락도 조금씩 빌려서
남북 삼천리 예쁘게 걸어가려 합니다.

정지상* 풍으로

서해 남포로 옛사랑인 듯 출렁이는 대동강이여
풀 잎사귀 아픈 가슴들 죄다 적시며 넘쳐 흐름은
님 떠나보낸 사람들의 눈물 때문만은 아니라오
그 눈물 머물던 자리 다시금 밀려드는 사랑이여
내일은 이별보다 만남으로 강물 더욱 넘치리라.

* 정지상(鄭知常, ?~1135)

서산대사

어린 시절 해남 대흥사 표충사(表忠祠) 앞마당서 뵈었던 서
산대사님이

지금껏 돌아가시지 않고 묘향산 보현사 수충사(酬忠祠)에
살고 계셨다

부처님께옵서 떨어뜨린 겨자씨 속에서 수미산 바람 소리
로 걸어나오더니

6 · 25한국전쟁 때 폭탄 세례를 받고도 살아남았다고 큰
소처럼 웃으신다

통일되면 묘향산 겨자씨 속에 다시 들어가 쉬겠노라 빙긋
웃으시었는데

정말이지, 님은 겨자씨 속에 수미산(須彌山)을 넣다 뺐다 하
는 분이었다.

오영재 시인

인민문화궁전 앞에서
오영재 시인을 만났더니

두 눈에 눈물이 그득하다
그저 아무 말없이 내 손을 부여잡고
먼 남쪽을 바라보듯 고개를 들어올린다

"우리 아버지는 광주사범 교원이었습니다"

울먹이며 말하는 그의 목소리는 어느새
고향을 떠나던 날의 청년처럼 떨리고 있었다.

기러기 날아오는 가을엔

기러기 날아오는 가을엔
더욱 무릎 꿇어 그대를 바라봅니다

밭고랑에 수북하게 쌓이는 햇살에 몸이 달구어지면
손에 들었던 호미를 잠시 놔두고 그대를 그리워합니다

내 키보다 더 큰 붉은 수수모가지에
꽃잠자리 몇 마리 앉았다 날아가는 서럽도록 푸르른 가을
가시 울타리 너머 저 멀리서 늘 나를 불러 손짓하는 님이여

그대가 사는 산봉우리엔 만병초 구절초 꽃들도 시들어
어느새 흰 눈이 그렇게도 애를 닳듯이 펄펄 내린다지만
내 사는 마을엔 제비가 날고 벼들이 온 들판을 출렁입니다

지난 시절 우리가 서로 다른 얼굴로 살아왔음을 후회하듯
그대는 눈 쌓인 밭이랑에 조금씩 일어서는 보리 싹을 어루
만지고
나는 고개 숙인 붉은 수수모가지에 이마를 대며 고요히 눈

을 감습니다

  가시 울타리 너머 저 멀리서 하얀 옷고름으로 눈물 찍는
님이여
  그대 내 곁을 떠났음에 가슴 아파 산 노루처럼 온 산천 헤
매다가
  기러기 날아오는 이 가을에 더욱 무릎을 꿇어 그대를 사랑
해봅니다.

고구려

북만주 벌판이었어라

서쪽으로 화살 날려 오랑캐 물리치고
남쪽으로 말 달려 백두산을 세우더니

압록강 굽이굽이 흘러가게 하였어라
동쪽으로는 두만강 흐르게 하였어라

맹세코 한 핏줄로 흘러서 넘치더니 오늘은
밤하늘 한복판에 둥근 달 띄워놓고 있더라

누구도 **빼앗**을 수 없는 둥둥둥 북소리를!

모란봉

모란봉에 올라
그렇지, 을밀대에 올라

나그네여 바라보라 더욱 멀리 —
그대 가슴에 손 얹어 귀 기울여 보라

산, 산, 산이 에워싸는 평양은
온통 고구려 백성들의 함성이었다

후퇴하는 중공군 군홧발 소리가 아니었다
미 B29가 떨어뜨리는 폭탄 소리도 아니었다

폭탄 소리 속에서도 쌀 항아리처럼 태어나는
고구려 어린 아가들의 첫 울음소리뿐이었다.

동명성왕

백두산에서 밀려와 용트림하는 조선의 소나무에 기대어
님은 먼 남쪽 한라산을 향하여 가부좌 틀고 앉아 있었다

나 천 년을 넘고 넘어 할아버지 앞에 선 듯 머리 조아리니
님은 "시를 쓰려면 누구나 알아보도록 쓰라"고 호령한다
남과 북 당신 백성들이 배꼽 잡고 웃을 수 있게끔 그렇게.

물싸리꽃

평북 양강도 삼지연 공항에 내려
백두산 가는 길이었다 가도 가도 끝없는
수만 년 원시림 ―북쪽 사람들이 즐겨 쓰는
말로 백두산 전체가 밀영(密營)이기도 했다
항일유격대(抗日遊擊隊)들의 요람이요 싸움터!
백두산 가는 길섶마다 핀 물싸리꽃들이 앞으로
불쑥불쑥 뛰어나와 맑은 얼굴로 손짓해보였다
무척이나 기다렸다는 듯이 옷자락까지 흔들었다
이름도 이름이지만 그 모습들이 어찌나 어여쁜지
백두산 가까워질 때까지 잠시도 눈을 떼지 못했다
물싸리꽃 무리들을 울고 싶도록 사랑해주고 싶어서
달리는 버스 안에서 목이 찢어질 듯이 노래 불렀다
아 백두산 가는 길은 온통 물싸리꽃 물결이었다.

바다제비

우르릉, 폭풍우 속을 날아오르는 바다제비
두 눈빛 화살 쏘아 강철 같은 날갯죽지로
파도 끝을 때리며 바다 가르는 검은 제비
아 지금 그의 모습은 둥근 백자 항아리에
무늬로만 남아 묘향산 그곳에 묻혀 있는가,

제5부

은하(銀河)를 보며

별은
혼자서도
별일까

같이 있을 때
눈빛 마주칠 때

저기 밤하늘에
은하를 이룬다

그대와 나
손잡고 건너가는,

자금초(紫金草)

피어라
자금산 난초여
너는 내 얼굴
너는 내 마음
너는 나의 노래
피어라 피어라

어머니의 눈물 속에서
어린 소녀의 하얀 손에서 피는
아 난징의 꽃 보랏빛 자금초여

그날 너의 꽃잎, 꽃잎들은 떨어졌어도
너의 향기는 영원히 시들지 않으리라
피어라 아 피어라 난징의 꽃
보랏빛 자금초여
나의 사랑이여

* 2012년 12월 13일. 난징대학살 75주년 추모식'을 마치고 저녁에 중국 난
  징시장과 난징기념관장이 마련한 자리에서 즉필로 써서 낭송하다. 자금초는
  난징[南京]의 산에 피는 자색 꽃으로 1937년 일본군에 의한 대학살 때 이
  꽃을 꺾어든 한 중국 소녀를 나타내며 오늘날은 난징시(市)를 상징하는 꽃.

시인
― 뉴저지주 〈캠든묘지〉에서

갑자기 총을 겨누면서
달려드는 놈이 있었다
무덤지기 멕시칸 녀석이었다.

―어떤 놈이야?
시간 지나 정문을 닫았는데
개구멍으로 쳐들어온 놈들은?
"휘트먼을 찾아온 사람입니다."

그는 나의 신분을 따지기 시작했다
나는 '코리아의 시인'이라고 말했다
그랬더니 내게 겨누던 장총의 총구를
자신의 발 아래쪽으로 내리는 것이었다.

―시인이 아니라면
개죽음을 당할 수도 있는 순간이었다.

* 미국은 파묘(破墓, 남의 무덤을 파헤쳐 시신이나 유골을 훼손) 사건이 자
  주 일어나는 다인종 국가다. 특히 유대계와 이슬람계 사이에 불상사가
  빈번하게 발생, 일반 묘지라 할지라도 경비가 삼엄할 정도로 엄격하다.

이타미공항(伊丹空港)*

　이타미공항이라? 생전 들어보지도 못한 비행장이 1930년대 말엽이었지, 고향 할아버지께서 징용으로 끌려가 '노무자'라는 이름으로 강제노역을 했던 곳이란 것을, 아 글쎄 2012년 6월 오사카를 방문했을 때야 알았다

　(일정 때였지, 소화(昭和) 몇 년이더라, 집 앞에서 밭을 갈다가 오사카 이타미란 곳으로 붙들려갔지, 우리 동네서도 몇 사람 끌려갔는데 죽어서 고향에 돌아오지 못한 사람 있지, 거기서 뭐했냐고, 비행장 터를 닦는 일이었지, 말 탄 일본 병사들 시키는 대로 격납고 짓고, 방공호를 파고……)
　내 어릴 적 고향에서 듣던 할아버지의 목소리가 먼 오사카까지 따라왔다

　(애비야, 네가 한국의 비행기로 내린 간사이공항은 이타미공항이 아니야, 네 할아비가 몇 날 며칠을 걸려 끌려가 노무자로 노역을 했던 곳은 저쪽 야마토 강변이야, 우리 같은 조

선 사람들이 일구어낸 터가 바로 이타미야, 이타미 비행장이야, 그래 애비야, 일본 땅 구경 잘하고 한국에 돌아가거든 네가 그렇게도 뛰놀며 사랑하던 고향에 내려와 내 오랜 무덤을 찾아와서 소주잔일랑 놓아주거라, 네 할미 뼈와 섞여서 누운 합장묘, 더러는 보랏빛 제비꽃도 피고 지는 이 무덤가에서 잠시 쉬었다 가거라, 나의 손자 애비야 네 할미와 나는 무덤 밖을 나와 저 새푸른 남쪽 바다 파도 소리를 들으면서 삼천리강산 조선의 평화를 빌고 빈다, 일정 때 이타미 땅에 끌려와 젊음을 다 보냈던 너의 할아버지가 오늘은 네 둥근 몸속으로 들어가 따뜻해진다)

이타미공항이라! 하마터면 살아생전 한 번도 들어보지 못했을 이곳에 와, 조선의 남쪽 고향 산자락에 잠들어 계신 조부모님을 머리에 가득 그리면서, 어느새 고희(古稀)를 눈앞에 둔 나의 이타미공항에서 여행은 끝나고 있었다 아 지금도 이타미 하늘가에 조선의 하얀 옷으로 펄럭이는 할아버지의 청춘! 그 곱고 아픈 하얀 옷이 온몸에 대나무 바람 소리로 휘감겨 오는 것이었다.

* 1931년 오사카 자치정부가 함선(艦船) 부두로 사용한 야마토 강 어귀에 오사카 제1공항 건설을 계획하여 군용비행장으로 사용하다가 1939년 개장한 '이타미공항'은 1945년 제2차 세계대전 말기에 미군에 인도되어 '이타미공군기지'로 이름을 바꿔 이용되었다. 1958년 일본에 반환되어 '오사카국제공항(大阪國際空港)'으로 개명돼 1960년부터 공식적인 국제공항으로 이용되었다. 1994년 '간사이국제공항(關西國際空港)'이 오사카 만 인공섬 위에 개항되자 비행기 감편으로 국내선 공항으로 규모가 줄어들어 결국 2011년 일본 국회가 간사이국제공항과 '통합법인'으로 승인하여 오늘에 이르고 있다.

사람 몸 향기에 밀려

타이페이 녹도(綠島)라는 섬에 가서 보았네
한때는 백색테러 수용소로 악명이 높은 섬 녹도
그곳에서 지금도 터져 나오는 비명 소리 들었네
사람을 잡아다 발가벗긴 몸뚱이에 꿀물을 발라
병정개미 떼들이 기어 다니게 한 기막힌 고문도
아픔이여 마침내는 차라투스트라 초인도 총칼도
녹슬어서 사라진다는 것, 사람 몸 향기에 밀려서
저 태평양 깊은 파도 속으로 떠내려간다는 것을
아 그러나 시간이 흐른 다음에야 그런다는 것을
나 타이페이 남쪽 섬 녹도에 가서 알았네.

호치민 묘소에서

1

한때 나는 총을 들고
그대의 나라 월맹군 정규군을 향해
베트콩을 향해 총을 겨눈 사람이었다
다낭항구에서 호이안에서 고노이섬에서
케산고지에서 그대 젊은이들 향해 총을 겨누었다

2

살아생전에
"나는 조국과 결혼했다!"고 말한 호치민 영감 —
오늘도 바딘광장에는 새벽부터 오후 늦은 시간까지
1969년 숨을 거둔 미라인 그대를 참배하려고 몰려든
그대가 사랑하는 수많은 베트남 인민들을 보면서
나는 할 말을 잊는다

3

베트남에서 나는 아무도 죽이지 않았다
도마뱀, 산닭, 오리, 물소, 15세의 소년 베트콩

그 어떤 사람도 그 어떠한 것도 죽이지 않았다
그해 야자수 망고 바나나 갈대숲 정글 —우기의
베트남에서 내가 죽인 것은 나 자신이었다
죽을 때까지 데리고 다닐 내 몸의
경전(經典)이었다

사마르칸트의 빵

중앙아시아 우즈베키스탄의 옛 수도인 사마르칸트는
본래 티무르제국의 수도였다 몽골계의 투르크인 정복자
티무르(Timur, 1336~1405)가 실크로드 중심에 세운 도시
였다

칭기즈칸 이후 중앙아시아의 전역을 휩쓴 유목민 정복자로
인도에서 러시아를 거쳐 지중해까지 정복한 티무르 대제는
오늘날도 우즈베키스탄 최고의 영웅으로 받들어지고 있는데
그가 좋아한 것은 사마르칸트에서 만든 〈뽀르쉬키 빵〉이
었다

티무르는 수도를 타슈켄트로 옮긴 이후에도 이 빵맛을 잊
지 못하여
　사마르칸트에서 직접 빵 제조업자를 데려오게 하고 사마
르칸트에서 직접
　물을 가져오게 하고 사마르칸트에서 직접 빵틀과 빵 제조
기를 가져와 빵을
　만들게 했으나 〈뽀르쉬키 빵〉의 부풀어 오른 진짜 맛을 보

지 못했다 술을

　너무 마신 결과 앙고라 주바스크평원에서 70세의 나이로
급사할 때까지

　고향 사마르칸트에서 즐겨 먹은 빵맛을 끝내 맛볼 수가 없
었던 것이다

　─2006년 8월 이곳을 찾은 나도 그 이유를 여러모로 따지
며 생각해봤는데

　그것은 티무르 대제의 혀와 콧속에 달라붙은 그가 죽인 사
람들의 피 냄새

　때문에 〈뽀르쉬키 빵〉 진짜 맛을 볼 수가 없었던 것은 아
닌가 했다

　(티무르 대제는 칭기스칸보다도 더 많은 아가들을 죽인 정
복자였던가요?)

　─사마르칸트를 찾은 나 또한 이 도시의 특산물인 〈뽀르쉬
키 빵〉을 길게

　찢어서 한입에 넣어보았는데 말로 설명할 수 없는 무슨 맛

이 있었다 그럼

　〈뽀르쉬키 빵〉은 사마르칸트의 남자와 여자들만이 만들수 있는 빵일까?

　실크로드의 중심지, 사막의 도시에서 만든 빵맛의 비밀이여전히 궁금하다.

느티나무 아래서

매미가 노래하는
느티나무 아래서
나, 꿈에게 묻는다

인생에 실패하여도
시(詩)는 이겨야 한다고

오 브라보!
영혼의 등짝에서
피가 튀어나오도록

말채찍을 휘두르는 시!

오늘은 어디로
달려가는 것인가
해와 달, 별을 거느리고

작가 이문구[*]

차마 버릴 수는 없었다
그리하여 돌아가는 것이었다
피눈물을 쏟으며 떠나갔던 고향
충청도 보령 관촌(冠村)마을 소나무 숲
―남로당(南勞黨) 빨갱이 녀석이라며
낫과 괭이와 쇠스랑을 들고 쫓아오던
옛사람들을 다시 신랑 신부처럼 찾아가

"허허, 우리가 왜 그랬을까요?"
"보리밥 무밥도 서로 나눠먹었는데
 왜 그렇게들 눈알이 뒤집혔을까요?"

"이젠 앞가슴 열어, 숨겨놓은 배꼽일랑
 내밀어, 술잔 한 번 높이 들어보자구요."

섭씨 2000도로 소지(燒紙)한 자신의 육신을
산산이 분골(粉骨)한 예순두 해의 아픈 사랑을

한줌 향기로운 흙 알갱이로 모아서 바치고
하늘 멀리 날아가는 새 한 마리 넋의 끝!

* 이문구(李文求, 1941~2003)

이어도를 본 사람은 죽는다

한반도의 땅끝, 해남 앞바다에는 수평선이 길게 뻗어 있었다. 구름과 안개가 걷히는 날 바라보면 마치 한 자루의 기다란 칼날처럼 떠 있었는데 때마침 쏟아지는 햇빛을 받을 양이면 살기라도 내뿜는 듯 번쩍거리는 모습이었다. 바다가 파도를 시퍼렇게 토하는 바람이 거센 날은 더욱 그런 느낌이었다.

이곳에서 태어난 나는 어릴 적에 바다와 수평선을 늘상 바라보면서 자랐는데 어른들이 한 말을 지금도 기억하고 있다. 그때 사람들은 사람들이 아니었어! 한국전쟁 중에 간신히 살아남은 어른들이 했던 말은 나의 머릿속에도 꾹꾹 들어와 차 있어서 어린 가슴을 울렁울렁거리게 했다. 때로는 그 울렁울렁거림이 못 먹을 음식을 먹은 것처럼 뱃속까지 뒤흔들어댔다.

녀석아, 저 소리 들리니? 바다가 우는 소리 말야! 하고 어른들이 물었을 때 나는 그 말이 무슨 뜻인지 알지를 못했다. 세상에, 무슨 바다가 운다는 말일까? 어른들은 참 알다가도 모르는 사람들이라고 생각하면서 뒷머리를 긁을 수밖엔 없었다.

그래, 들어봐! 밤에도 자지 않고 뒤척이는 바다의 울음소리를 가만히 들어봐. 꼭 사람의 울음소리 같지 않느냐? 그런 말을 들었던 밤은 몇 됫박 소나기가 억수같이 쏟아질 때가 많았고 다음 날은 거짓말처럼 하늘이 쾌청했다. 나는 그때마다 수평선을 더욱 멀리 바라다보곤 하였다. 늦은 오후 무렵이면 그 붉게 타는 노을 속에서 수평선은 흡사 피 묻은 칼날처럼 번쩍번쩍거리는 것이었다. 어허, 그런데 어둠이 수평선의 그 붉은 칼날을 검은 보자기로 싸버리고 나면 들려오는 소리가 있었다. 어른들이 말하곤 하던 바다의 울음소리를 들을 수 있던 것이었다.

동편에서 달이 둥그러이 솟아오를 쯤에 수평선 한복판에 섬 하나 둥둥 떠오르는 것을 볼 수 있었다. 저긴 섬이 없었던 곳인데…… 웬 섬이 나타난 것이지? 혹시 '갈매기섬'이라고 부르는 그 섬이 아닐까? 끼루룩 끼루룩

울부짖는 갈매기 떼가 온 섬을 뒤덮곤 하는 갈매기섬이 아니면 다른 섬이 거기 있을 수는 없는데…… 참으로 신기하고 이상한 일이다.

어린 나도 그 섬이 어쩌면 '이어도' 란 이름을 가진 섬이 아닐까 하고 생각을 했다. 이어 이어 이어도 사나…… 어디 한 번 가보자꾸나 이어 이어 이어도 사나…… 나는 어느새 어른들이 부르곤 했던 노래를 거의 습관처럼 따라 불렀다. 아무도 살지 않는, 아무도 살 수 없다는 바다 저편 이어도! 폭풍우가 몰아쳐오면 바닷속에 가라앉는 섬, 달이 차오르면 꽃상여처럼 떠오르는 섬을 바라보는 것이었다.

어른들은 그랬다. 이어도인지 갈매기섬인지는 모르지만, 6·25한국전쟁이 터지기 3년 전엔가 제주도에서 무슨 난리가 일어나 사람들이 엄청나게 죽었다고 말하면서 바로 그 무렵, 저 섬에 수백 명의 젊은이들을 실어다 퍼부어놓고 두두두두두…… 집단 총살을 시켜버렸다고 귓속말로 수군수군거렸다. 해송과 풍란이 바위마다 뿌리를 내리고 있는 섬―어쩌면 유인도보다도 더 많은 슬픔과 더 많은 꽃들과 주검의 잔해들이 쌓여 있을지도 모르는 그 섬을 바라보면서 어른들은 몸서리를 쳤던 것이다.

아무도 말할 수 없고 아무도 기록으로 옮길 수 없었던 갈매기섬 그리고 이어도! 그 곁을 지나는 어부들은 섬이 토해내는 미친 듯한 울음소리를 자주 들었다는 것이었다. 그런데 어른들은 정말로 들어서는 아니 되고 얘기를 해서도 아니 되는 무시무시한 이야기를 숨기고 있는 것 같았다. 주위를 살피며 나눈 어른들의 귓속말은 언제나 똑같았다. "이어도를 본 사람은 누구나 죽는다"는 것이 그 말이었다.

묘향산, 보현사 향나무한테서 한 수 배우다

소설 『25시』로 유명한 루마니아 작가 게오르규*가 1974년 광주에 강연 와서 ;
　코리아와 루마니아의 나무들은 뿌리를 땅에
　뻗지 않고(못하고) 왜 그런지 하늘로 뻗어간 형국이라고 말했다
　황금동 학생회관을 꽉 채운 청중에게, 두툼한 안경테 만지면서.

　할(喝)! 그럴 듯한 말이라고 생각했는데 40년 세월도 금세였나
　2001년 8월 15일 북녘 땅을 방문한 나는 작가 게오르규가 한 말이
　전부 맞는 것은 아니란 걸 알고 고정관념에서 벗어날 수 있었다

　─묘향산에 위치한 보현사는 휴정 서산대사*가 40여 년 보낸 명찰
　이곳에 들어서면 하늘로 가지를 뻗지 않고 아예 땅바닥에

엎드려

　뿌리를 뻗어가는 향나무가 있어서 보는 사람마다 신통하
다는 생각

　그걸 본 뒤로 한 발자국도 떼지 못하는 나무한테서도 많이
배운다
　어떤 나무는 뿌리를 하늘로 뻗고 어떤 나무는 땅바닥을 긴
다는 것
　그리고 사람들은 하늘과 땅을 똑같이 섬긴다는 사실도 깨
달았다

* 게오르규(1916~1992)
* 서산대사(1520~1604)

백두여, 빛나는 눈동자여[*]

고향집 대숲에 함박눈 펑펑 쏟아지던 날이었나
아버지를 찾아 나선 예순 할머니의 등에 업혀서
백두여, 나는 너의 타는, 천만리 눈동자를 보았다

촛불도 수줍어 가물거리던 땅끝 마을 첫날 밤 —
시집온 아내의 치잣빛 옷고름을 풀어헤치면서도
백두여, 나는 너의 떨리는 눈동자 가까이 보았다

온몸을 용트림하던 아내 떡 덩어리 아이를 낳을 때
아 백두여, 내 몸뚱이도 다시 태어나는 소리 들었다
고향집 오동나무 그늘에 하얀 바지저고리로 앉아서

삐비꽃 피면 오려나 파랑새 울면 행여 님 오려나
부용산 산허리에 진달래 피면 거기 그대가 오려나
먼 길 달려오는 노래도 흙빛 가슴에 넘쳐 뜨거웠다

어머니 베적삼 속에 정절의 세월 더욱 견결하였듯이
접시꽃 향기 그윽한 누이 젖무덤 은장도 숨어 빛나듯

우리 그대 큰사랑 안고 강 건너 산 첩첩 넘어왔나니

백두여, 분열과 분단 떨쳐 일어나 우리 하나로 섰나니
아 우리들의 첫사랑 —그대 하늘 높이 빛나는 눈동자여
이제 길이란 길들은 모두 그대를 향하여 달려가야 하리
온 겨레의 숨결 그대 안에 모여서 출렁, 출렁여야 하리.

* 2001년 8월 15일 평양에서 개최된 '6·15선언 제1주년 기념 민족통일
  대축전' 때 평양 소재 고려호텔 2층에서 남북작가들이 거행한 문학 행
  사에서 낭송한 시의 전반부.

월미도에서 사라진 소년이

오늘도 나는 밭으로 갑니다
콩 보리 조 밀 감자 옥수수 씨앗 바구니를 들고

온몸에 신(神)이 내린 듯 밭으로 달려가서 한국전쟁 때
월미도에서 사라진 소년이 미처 심지 못한 씨앗을 뿌립니다

온두라스와 소말리아 베트남과 이라크에서 죽어간 소년들이
미처 심지 못한 콩 보리 조 밀 감자 옥수수 씨앗을 뿌리다가

아무데나 놓을 수 없는 가슴 너무 아파서 어쩔 줄 몰라합
니다
그들이 고운 맨발로 좇아갔을 나비, 나비들을 불러 노래합
니다

여기 보세요! 밭으로 가면 강낭콩 떡잎으로도 눈짓을 보내
오는

월미도 소년들, 온두라스와 소말리아 베트남과 이라크 소
년들……

유약(柔弱)의 시학

— 『달팽이 뿔』을 읽으며

강형철

1.

김준태 시인의 새 시집을 읽다가 노자 『도덕경』을 읽던 대학 시절을 떠올렸다. 당시 유신 시절이었지만 그렇다고 그에 대한 저항의 길을 찾지도 못하던 때였다. 대신 속으로만 '잘못된 세상'이라고 생각하며 어리빙빙 살아가던 때였다. 『도덕경』 전체를 개괄하면서 '유약한 것이 강하고 굳센 것들을 이긴다(柔弱勝剛强)'는 대목을 교수님이 설명하던 오후 무렵이었다. 나는 이상하게 그 대목에서 참을 수가 없었다. 용기를 내어 교수님께 질문을 했다. 철학이 이 세상의 것이라면 지금 이 세상에서 돌아가는 일을 이해하고 그 본질을 알려주어야 하는 데 지금 강의하

신 내용은 요즘의 세상을 전혀 설명하지 못하는 것 아니냐는, 나름 심각한 질문이었다. 세상과 학문에 대한 비아냥이 깔려 있었던 것도 사실이었다. 그때 선생님은 나를 유심히 쳐다보며 그러나 상당히 단호한 표정으로 말씀하셨다.

"그래, 강군이 보기에 강한 것이 이 세상을 이긴다고 생각할지 모르네. 그렇지만 내가 보면 분명 유한 것이 세상을 이기네. 한 가지 묻겠네. 그래 강군은 얼마나 많이 유해봤는가?"

평소 학생들의 주장을 바로 반박하는 모습을 보여주지 않던 교수님의 말씀이어서 나는 당황했고 아무런 말도 하지 못했다.

그때 그랬던 것처럼 나는 다시 할 말을 잊는다. 김준태 시인을 얼핏 읽으면 너무나 한가롭고 그 생각이 작아 보여서 이제는 이런 이야기가 아니라 이 세상 전체를 향해서 폭풍 같은 메시지를 담은 시를 써도 될 텐데 이상하다는 생각이 든다. 이 시집에 실린 시들은 너무나 얌전하다. 아니 무섭도록 차분하다. 김준태 시인의 시 「아아 광주여 우리나라의 십자가여!」를 읽으면서 나는 이렇게 썼었다.

김준태의 「아아 광주여 우리나라의 십자가여!」는 동시대에 광주의 한 감옥에서 우유곽에 못으로 새겨진 김남주의 「학살」 연작과 더불어 우리 시대의 최고의 시를 이루어 광주 5·18의 의미가 우리나라는 물론 전 세계 혁명문학의 맨 앞자리를 차지하는 금자탑으로 영원히 아로새겨질 것이라 나는 믿는다.

— 「하느님을 본 시인의 행로」 부분

그리고 이어서 나는 하느님을 본 그날의 진실을 넘어서기 위해, 그것을 다시 무화시키고 이 땅에 하느님을 다시 세우기 위해 고심참담하며 노력하고 있고 그 한 자락을 밭시 연작으로 보고 설레는 마음으로 기대하고 있다는 말도 썼다.

공교롭게도 이 시집은 그러한 말을 할 때 이미 씌어진 작품도 있고 그 이후에 씌어진 시도 있는 것으로 보인다. 그러므로 김준태 시인에 대한 나의 기본적인 생각은 차이가 없다. 그런 점에서 나는 이 시집 앞에서 조금 당황했다. 그러나 이 시집을 차분하게 읽어가면서 그런 느낌은 뒤집히고 앞서 말한 바와 같이 스승님께 유약승강강이란 깊은 뜻을 모르고 받았던 꾸지람을 듣는 기분이 들었다. 또한 이 시집을 통해 김준태 시인이 이미 도달한 자리에서 다시 앞으로 나아가기 위해 어떤 시도를 하고 있으며 어떤 성공을 거두고 있는지 구체적으로 살펴볼 수 있는 기회를 갖는다는 점에서 한편으론 기쁘고 두려워지기도 했다.

그런 점을 전제하고 이 시집을 전체적으로 말해본다면 명불허전이란 말도 낡아보인다. 그는 여전히 우리의 대지 위에 우뚝 서서 이 세계의 총체적 진실을 보고 이를 언어로 형상화한 대시인의 길을 어김없이 가고 있기 때문이다. 그러나 시인은 예전과는 다른 새로운 미학을 완성해가고 있는 것으로 보인다. 나는 그것을 유약(柔弱)의 시학이란 말로 부르고 싶다.

광대무변의 시학이란 말도 생각할 수 있고 최상급의 혁명시란 이름도 떠오르지 않은 것은 아니지만 나는 그러한 거창하고 창대한 헌사를 대신하여 가장 낮은 그러나 가장 원대한 길을 가

는 진정한 힘의 시학이란 의미로 유약의 시학이란 말을 바치고
싶은 것이다.

2.

이번 시집의 시들은 그가 이룬 혁명적 시인의 자리를 스스로
박차고 내려와 한없이 낮은 자리에서 시를 이루어 나가고 있다.
그리고 시들은 이 세상에서 패배자로 낙인찍혀 버려졌거나 그
힘이 약한 것들과 사람들을 향하고 있다. 그런 점에서 그의 시
학을 유약의 시학이라 한 것은 엄밀하게 말하면 유약한 것들을
향한 시학이라 해야 마땅할 것이다.

그러나 이 글에서 유약의 시학이라 이름한 것은 그 힘없고 버
려진 것들을 노래하고 그들의 의미를 복원시키기 위해서는 그
자신 또한 한없이 부드럽고 약한 것이 되지 않으면 안 되는 것
임을 알고 그 스스로 하방하여 한없이 유약한 것들의 벗이 되어
있기 때문이다. 서둘러 말하면 그 유약의 시학이야말로 진정 힘
을 지닌, 그리하여 마침내 이 세상의 강건하고 완강한 거짓과
불의를 이기는 방법론적 전략이라는 생각이다.

이제 시인의 시가 어떻게 그 아래의 자리를 찾아 하나가 되어
가는지 살펴보기로 하자. 그는 광주의 죽음이 어떻게 이 세상의
빛이 되어가는지를 그러나 똑같은 비중으로 그 죽음의 의미가
소멸되고 마모되어가는지 실감한 증인이다. 바로 그런 이유로
광주에서의 죽음이 다시는 일어나지 않고 새로운 세상 즉 생명

세상과 통일 세상을 이룩하여 나갈 길을 모색해왔고 또 모색해 나갈 것이라 생각된다.

이를 위해 그는 광주의 진정한 의미를 다시 묻고 새로이 세워 나가고자 한다. 그러한 행보의 첫 번째 작업은 우리 역사 전체를 향해 시도된다. 우리 역사에서 대규모로 자행된 민중의 죽음, 혹은 비극이 어떻게 일어났고 그 근원적 이유는 무엇인가를 천착하는 일이다.

그리고 그가 가장 먼저 착목하는 것은 최근의 우리 현대사다. 거기에서 그는 대규모의 죽음이 발생한 근원적 이유가 어디에 있는가를 묻는다. 거기서 닿은 것이 분단에 기초한 이데올로기의 폐해이다. 얼마나 많은 사람들이 이데올로기의 공작 속에 희생되어 갔던가. 시인은 직접 말한다.

사람 생명은

모든
이데올로기에
앞서는

모든
이데올로기
위에 놓이는

절대적
영원한 상위개념!

―「사람 생명」 부분

굳이 시로 말하지 않아도 되는 이야기를 시라는 형식으로 또 박또박 말하고 있는 이유는 무엇일까? 사람의 생명이야말로 영원한 절대적 상위개념이며 어떤 이데올로기보다 더 근원적인 자리에 위치한 것인데 그 기본적인 원칙이 지켜지지 않고 그것이 사람의 생명을 앗아가는 거대한 사회 폭력으로, 나아가서는 국가 폭력으로 탈바꿈하며 수없이 많은 사람들을 죽음으로 몰아가고 있고 또 그래왔다는 점을 다시 한 번 더 분명하게 각인시키기 위한 것으로 보인다. 그의 시에서 제주도 4·3항쟁이 튀어나오고 6·25한국전쟁과 밀양 대전 거창 등지의 보도연맹사건 등이 출현하는 것은 바로 그 이유 때문이다.

아흐–
어머니 등에 업혀
할머니 등에 업혀 총살당한

죽음이 뭔지도 모르고 죽은
1949년 1월 17일 한라산의 아기들!

엄마의 젖꼭지를 물자마자
응아응아 저버린 한라산의 별꽃들!
　　　　　　　　　　—「나 죽으면 너분숭이에」 부분

1948년 6월 11일 경남 거창군 신원면 태생인 문일주 아기
1951년 2월 11일 719명 집단 학살 때 어미와 총 맞아 죽다
2005년 6월 25일 감악산 넘어간 1948년 7월 10일생 김준태
지금도 세 살인 '문일주 아기묘'에 무릎 꿇고 술을 따르며

내 스물아홉 스물여덟 두 아들 아범이지만 친구 만난 듯
무덤 빙빙 돌며 박산골 학살터에 흰밥 뿌리며 노래부른다
"일주, 내 친구야! 동갑내기 나의 친구야! 내가 대신하여
아들 뒀으니 너의 자손도 퍼뜨려 너의 혼백 달래주리라
해와 달도 둥그런 통일 조국에 너의 자손 뛰놀게 하리라"
— 「문일주 아기 묘비명」 전문

해방 이후 우리 민족의 역사에서 이데올로기의 이름으로 자행된 국가 폭력의 대표적 사례인 제주 4·3항쟁과 보도연맹사건, 6·25한국전쟁의 현장을 찾아 희생되지 않았다면 자신과 같은 나이의 보통 사람이 되었을 죽음을 애도하며 바친 시는 김준태 시인이 그 죽음을 역사 속의 한 사건으로 박제화시키지 않고 자신의 삶과 일치시키고 굳건하게 그 죽음과 연대하는 모습을 보여준다고 하겠다.

이것은 그의 시가 다시 새로운 자리를 찾아 나서는 구체적인 사례라고 할 것인데 그의 시적 하방은 이 사례에서 멈추지 않는다. 충남 보령에서 자신의 아버지와 형들을 잃은 소설가 이문구의 삶을 노래한 시 「작가 이문구」나 분단의 비극으로 고향을 눈앞에 두고도 가지 못하는 소설가 황석영의 비애를 말하고 있는 「고향」, 동일한 시각에서 월북한 시인의 비애를 말하고 있는 시 「오영재 시인」 등으로 끝없이 변주되고 있다.

또한 시인의 시선과 현장 찾기는 우리나라의 역사에 그치지 않는다. 그의 시선이 닿아가는 두 번째 영역은 우리와 비슷한 역사적 비극을 체험한 세계 전체를 향한다. 특히 그 체험적 죽

음이 유사한 아시아 제국을 향한 답사는 그가 진정으로 찾아 이루고 싶은 죽음을 온전히 극복한 새 세상임을 보여준다.

> 1.
> 한때 나는 총을 들고
> 그대의 나라 월맹군 정규군을 향해
> 베트콩을 향해 총을 겨눈 사람이었다
> 다낭항구에서 호이안에서 고노이섬에서
> 케산고지에서 그대 젊은이들 향해 총을 겨누었다.
>
> 2.
> 살아생전에
> "나는 조국과 결혼했다!"고 말한 호치민 영감-
> 오늘도 바딘광장에는 새벽부터 오후 늦은 시간까지
> 1969년 숨을 거둔 미라인 그대를 참배하려고 몰려든
> 그대가 사랑하는 수많은 베트남 인민들을 보면서
> 나는 할 말을 잊는다.
>
> ――「호치민 묘소에서」 부분

> 1975년 9월이던가
> 프놈펜에서 남쪽으로 15km 지점
> 1백여 명의 젖냄새 아가들을 트럭에
> 싣고 와 한꺼번에 파묻어버린 체옹 에크!
>
> 아
> 이 생면부지의 벌판에 와서
> 나는 내가 인간이다는 사실에 절망한다
> 어린 죽음들 앞에 무릎 꿇어 엎드릴 때

– 코리아의 문경새재 너머 돌당골에서
거창 신원 감악산 돌고 돌아 박산골에서
한라산 북촌마을 바닷가 너븐숭이 돌밭에서
두 살, 세 살 나이에 총알세례 받은 아가들!

그 어린것들이
여기 먼 나라 체옹 에크
흙빛뿐인 물웅덩이에까지 와서
아야어여오요우유 한국어 모음으로 함께 울고 있었다.
　　　　　　　　　　　　　　　　　　　—「체옹 에크」부분

　앞의 시 「호치민 묘소에서」는 자신의 민족에게 닥친 집단적 고통과 죽음을 민족 해방 전쟁으로 치루며 마침내 완전한 통일을 이룬 호치민의 삶을 경배하는 모습이고, 뒤의 시 「체옹 에크」는 캄보디아 수도 프놈펜 근교에 위치한 일명 제노사이드 현장 중 하나로 많은 사람이 학살당한 곳을 다녀온 뒤 쓴 시다. 이런 유형의 시들은 그의 시적 대지가 한층 넓어지고 세계사적 지평으로 확장되어 가고 있다는 것을 보여준다.

　시인에게 대지는 생명이 서로 화해하며 상생하는 곳이지만 현실의 현장은 곳곳에 죽음과 살육이 자행되는 곳이다. 시인은 그런 자리를 찾아보고 그 자리가 지닌 궁극적인 의미를 새롭게 새기며 자신이 겪었던 죽음으로부터 새로운 의미를 세우고 있다.

　그는 이번 시집의 도처에서 그 현장들이 눈부시게 죽음을 극복하거나 그 죽음의 자리가 다시 삶의 자리로 바뀌는 모습을 연출하고 있다. 난징대학살의 현장이 있는가 하면 타이페이의 남쪽 섬으로 백색테러의 수용소로 유명한 녹도를 다녀오고, 휘트먼의 묘소를 다녀오는가 하면 그와 비슷한 역사를 가진 현장을 찾아가기도 한다.

이들 시에서는 집단적 학살의 현장이 출현하고 있고 그 현장들이 한반도의 위대한 시인에 의해 위무받고 드디어 새로운 의미의 영역으로 환생하고 있다. 그 와중에 빼어난 시가 탄생한다.

불에
달군 연꽃은
시들 수 없나니

바다
저 시퍼런
삼각파도 속에
벌거숭이 가부좌

더 이상
썩지 않게
바스라지지 않게!

—「배를 띄우며」 부분

진흙밭에서 피어나는 연꽃은 가섭과 석가의 이심전심을 말하는 아름다운 은유이지만 '불에 달군 연꽃'은 처음 출현한 표현이다. 시인은 그 구절이 당나라 영가 현가 스님의 증도가에 나오는 '화리생연종불괴(火裏生蓮終不壞)'에서 연원한다고 밝히고 있지만 그것은 한 계기일 뿐이다. 그 구절에서 영감을 얻어 우

143

리의 말로 새롭게 연출해낸 일은 자신의 삶을 죽음으로 단련시
킨 사람 이외에는 그 생생함을 얻을 수 없는 절묘한 경지가 작
동하고 있는 것이다.

이 절묘한 경지 속에는 그가 광주 이후, 아니 광주 이전부터
이 땅의 역사라는 하중 속에서 이룬 많은 시적 성과에 대한 굳
은 신념이 스며 있다 할 것이며 동시에 그가 겪은 마음의 상처
와 시련이 녹아 있는 것이며 그가 앞으로 이루어 나갈 성취에
대한 선취된 의식의 한 표현이라 할 수 있을 것이다.

기실 그는 너무 많은 자갈밭을 지나왔다. 또한 그 험한 가시
밭길에서 "모두 살아 있어/죽지 않고 …… 버티면서"(「한탄강에
서」)도 한 송이 꽃도 밟으면 안 된다고(「밟으면 안 돼, 꽃이 아
파!」) 말하는 어린아이 같은 사랑과 연민을 지닌 시인이기도 하
다. 그런 큰 비극의 자리를 통과한 연후에야 다음과 같은 굳은
신념의 시가 탄생될 수 있는 것이다.

> 버려진 돌도
> 뒹구는 돌도
>
> 소나 말한테
> 산짐승한테
> 밟히는 돌도
>
> 아침저녁
> 길 가다 주워서
> 하나둘 놓으면

어 그래, 그곳이
　천 년 부처의 탑!

　그의 시가 마침내 닿은 곳은 길바닥에 아무렇게나 버려져 뒹구는 돌이다. 그런 돌은 너무나 하찮아서 소나 말한테 혹은 산에 사는 산짐승한테도 무참하게 밟히지만 그 돌들에게 사람의 정성과 따뜻한 마음이 닿으면 그 하찮은 돌들이 천 년 동안 부처의 역할을 하는 변화가 생기는 것이다.

　또한 그의 시가 닿는 곳은 비무장지대의 늪에 2cm가 될까 말까 한 물방울 속이다. 그곳은 암놈 수놈 물거미가 비집고 들어가 사랑을 하는 공간이다(「노래 물거미」). 시의 말미에서 말하듯 단순하고 소박하며 완벽한 공간!

　이런 모습이야말로 앞에서 '유약의 시학'이라 이름 붙여본 요즘 김준태 시인의 시적 성취의 구체적 사례는 아닐까?

　김준태 시인의 시학은 마침내 '유약의 시학'을 통과하여 그 하찮고 작은 공간까지 확산되면서 이제 그의 시는 천의무봉의 경지에 다다른다.

　눈에 보이는 모든 것
　눈에 안 보이는 모든 것
　— 모두 나다 모두 너다

　귀에 들리는 모든 것
　귀에 안 들리는 모든 것

— 모두 나다 모두 너다

손에 만져지는 모든 것
만져지지 않는 모든 것
— 모두 나다 모두 너다

코로 냄새 맡는 모든 것
냄새 맡지 못한 모든 것
— 모두 나다 모두 너다

(…중략…)

천지간에, 나 아닌 것 없고
너 아닌 것이 하나도 없다

아흐, 모든 것은 내가 되어 꽃 피고
모든 것은 네가 되어 향기 그윽하다.
　　　　　　　　—「천지간에 너 아닌 것은 없다」 부분

이 세상이 모두 나이고 너라는 인식! 이 인식 속에는 내가 무엇을 사랑하고 좋아한다는 이분법적인 인식 태도가 완전하게 사라지고 나와 네가, 아니 나와 세계가 완전하게 회통하는, 언제였던가 김준태 시인이 말한 바 있듯 나와 이 세계와의 완벽한 일치, 장쾌한 섹스가 이루어졌다고 말할 수 있지 않을까?

아 서쪽을 바라보니
저녁노을이 붉다

― 남의 살이 내 살로 만져진다.

―「황혼에 서서」 부분

왜놈들이
쳐들어왔을 때는
죽창으로

달 밝은 밤 ―

그대가
나를 부르면
피리 구멍을 열어주는

우리나라 대나무!

―「진주 남강 대나무」 전문

주관과 객관의 완벽한 일체화를 이룩하면 '남의 살이 내 살로
만져지는' 경지에 도달하는 것이며 심지어 식물인 대나무조차도
그때그때의 상황에 따라 죽창이 되고 때로는 입술에 닿아 아름
다운 선율을 토해내는 피리가 되는 것이다. 생물과 무생물은 물
론 나와 너라는 별도의 존재가 완전하게 일치되며 전체로 움직
이는 우주가 되는 것이다.

3.

앞에서 나는 김준태 시인이 새롭게 열어가는 시작품의 모습

을 나름으로 엿보려고 시도해보았다. 그러나 정밀한 보고서가 되지 못하여 혹여 시인이 이룬 새로운 성과를 제대로 읽어내지 못하고 이 시집에 헛된 말을 덧붙이고 있는 것은 아닌지 걱정스럽기도 하다.

그렇지만 분명하게 말할 수 있는 것은 김준태 시인의 시는 여전히 그의 등단 작품 「참깨를 털면서」에서 조태일 시인이 평한 것처럼 동물적 순발력과 야생성을 지닌 채 우리의 현실 앞에 확실하게 존재하며 우리를 매번 새롭게 깨우쳐주고 있다는 점이다.

표제작이 된 「달팽이 뿔」이란 작품이 그 생생한 예다.

누군가를 받아치기 위해서
머리 꼭대기에 솟아 있는 것은
아니리 나무숲, 우리의 갈 길을
찾기 위해 두리번 두리번거리는
달팽이 뿔, 오 고운 살 안테나!

— 「달팽이 뿔」 전문

달팽이의 눈과 더듬이 역할을 하는 연한 촉수를 시인은 단호하게 명명한다. 그것은 뿔이라고. 뿔이라니! 그러나 시인의 그 명명을 우리가 받아들이는 순간 달팽이에게는 그 어떤 동물의 뿔보다 더 단단한 뿔이 생긴다. 그러나 우리가 진짜 뿔이라고 생각이 고정될까 봐 시인은 다시 덧붙인다. 그것은 살의 안테나라고.

그러고 보면 김준태 시인의 시 전체가 뿔이라는 생각도 들고 동시에 그 뿔은 눈물과 사랑이 가득한 인간 김준태의 아름다운 사랑의 뿔이며 동시에 고심참담한 마음이 변화한 것이라는 생각도 든다. 아, 김준태 시인의 살 안테나!

姜亨喆 | 시인 · 숭의여자대학교 문창과 교수

푸른사상 시선 46

달팽이 뿔